Une mère dit à sa fille :
— Juliette, viens m'aider à changer ton petit frère.
— Pourquoi, il est déjà usé ?
— Alors,
par rire !
Quelle est la différence entre la Lune et la bombe atomique ?
La Lune est un astre et la bombe atomique un désastre !
C'est un garçon qui est dans la rue avec son père :
— Papa, tu as vu la belle voiture ?
— Oui, je l'ai vue…
— Papa, tu as vu le policier ?
— Oui, je l'ai vu…
— Papa, tu as vu l'avion ?
— Oui, je l'ai vu…
— Papa, tu as…
— OUI, JE L'AI VU !!!
— Ben alors, pourquoi tu as marché dedans ???

Madame Poipoi — Monsieur Henri — Gino Marto — Rémi Lepoivre — Adrien Dubouchon — Mélanie Lano

Scénarios : **Jacqueline Cohen et Evelyne Reberg.**
Dessins : **Bernadette Després**
Couleurs : **Catherine Viansson-Ponté, Virginie Péchard et Rémi Chaurand**

Tom-Tom et Nana

Super fêtes et big boulettes

BD KIDS

Les 16 épisodes de cette compilation sont précédemment parus
dans la collection Tom-Tom et Nana : 34 tomes chez Bayard BD Poche.
Les scénarios ont été créés par Jacqueline Cohen et Évelyne Reberg.
Les dessins ont été réalisés par Bernadette Després.

Merci à Pierre Hovnanian ainsi qu'à Lilas Carpentier pour leur aide précieuse.

ISBN : 9791036317675
Dépôt légal : mars 2021

Imprimé en Roumanie

Les invités sont culottés

Les autres vont avoir des super trucs!
Et nous on sera nuls, comme d'habitude!
Habillez-vous en prince et en princesse!
Ah, non!
On n'est pas des nounouilles!
Eh bien, débrouillez-vous!
Et n'oubliez pas que vous êtes invités à 3 heures!
CLAC!
J'ai une idée! On va se déguiser en rocker!
Ouiiiiiiii!
Il y a tout ce qu'il faut dans la chambre de Marie-Lou!
Entrée INTERDITE aux morveux, aux mioches et aux moutards
Entrée INTERDITE aux morveux, aux mioches et aux moutards
Je n'entends rien, elle n'est pas là!
182-2

Sus à l'armoire!
Entrée INTERDITE
Vous ne savez pas lire?... Dehors!!
Euh...
Excuse-nous! On s'est trompé de porte!
Il y a sûrement un moyen de la faire sortir...
Je vais lui faire le coup du téléphone!
Marie-Lou! Téléphone! C'est pour toi!
Vite! C'est ton chéri!
Ah?!?
182-3

Zut! Elle remonte déjà!
Entrée INTERDITE aux morveux aux mioches et aux moutards
Espèces d'idiots!...
...Si c'était une blague, elle était mauvaise!
Euh...
Ne recommencez pas!!
CLAC!
Une chaussette... C'est tout ce que j'ai réussi à piquer!
Et elle est trouée!
Ne perdons pas courage!
Écoute...
J'ai une autre idée: on va l'envoyer faire les courses!
182-4

Voilà le sac et le porte-monnaie !
Moi, j'ai préparé une liste gratinée !
Elle va valdinguer dans tout le supermarché !
Hi ! Hi !
Marie-Lou !
Ouvre ! C'est urgent !
quoi ?
BOUM !
BOUM !
BOUM !
Les parents veulent que tu fonces acheter ça !
Grouille-toi, ils sont très énervés !
C'est toujours sur moi que ça tombe !

Yaouh! La place est libre!
À nous les trésors!
La-la-la-lère!
Tu as vu comme je suis rocky?
Attention les yeux...!
Mets cette chaîne, c'est chicos!
182-6

Des talons hauts !
Mon rêve !
Des santiags !... C'est vraiment mon style ! La classe !
Waouh ! Qu'est-ce qu'on en jette !
Hé, Johnny, on se maquille ?!
Pendant ce temps...
Qu'est-ce que c'est que cette liste ?
Dix clous, du gros sel fin, une brosse à dents,
un oeuf et demi... ???
SOLDES
MAXI
Ça sent le coup monté !...
182-7

Ah, les monstres ! Je comprends tout !!
Voleurs ! Bandits !
Voyous !
Arrêtez-les !

182·B

Mes chaussures! Mes lunettes! Mon...
Bbbllllb!!
Ouf! On l'a semée!
Elle est enragée, cette fille!
182-9

On va avoir un succès d'enfer!
Ils vont tomber raides!
Drriiin!
GOÛTER Costumé chez Virginie
HA! HA!
HI! HI!
HO! HO!
Ah! Vous voilà! Entrez vite et déshabillez-vous!
??
HÉ!
HO! HO!
En culotte! En culotte!
On a mis le chauffage à fond!
Tous à la mer!
Elle est froide!
Ouais! Je nage!
Miam!
Pouet! Pouet!
FIN
182-10

Le vrai Père Noël

Moi, ce que ze veux, c'est le Pè-re No-ël!! Na!
Le voilà, justement!
C'est un faux!
Tu me prends pour un noc?!
Un noc? C'est quoi?
Un noc, c'est un noc...
... et toi, t'es noc!
??
Viens, trésor, ça suffit!
Ze veux le Père Noël!
Le vrai!

Quel casse-pieds!
Oh! Vous!
Pauvre lapin!
Pauvre ti'chou!
Rêver de voir le Père Noël, c'est beau ça!
Trop mimi!
Ça me donne une idée...
Ah??
TOC! TOC!
Si on lui faisait la surprise?
Quelqu'un pourrait se déguiser en beau vrai Père Noël!!
Oui... mais qui?

Voyons... Le Père Noël a un gros bedon...
... des yeux doux, un nez royal...
Yvonne... C'est moi !!!
Vite ! Fais-moi le costume !
Ah non !
Ça, c'est trop fort !
Nous, dès qu'on demande un petit truc, on a zéro !
Un coup de pied au derrière !
Et là, vous allez vous tuer pour ce sale mioche ?!!
Toi, tu vas coudre ?
Mais non ! Attendez !
PAF !

Figurez-vous que j'ai un costume tout prêt !
Une splendeur ! Vous allez voir !
MENU
Un peu plus tard...
Rentre le ventre !
Mgurf !
Ridicule !
Encore un effort !
CAVE
Vous êtes plus vrai que le vrai !
Ah, non ! Il manque l'essentiel !!
??

La barbe ! Mon Dieu ! Je l'ai jetée !!!
On est fichus !
Un Père Noël sans barbe, c'est un chat sans queue !
Pch pch pch...
Nous, on en a une, de barbe !
Et une belle !
C'est vrai ?!
Oui !
Alors on est sauvés !!
On va vous la chercher !
Miracle ! Ils se décident enfin à nous aider !

Papounet !
Viens par ici !
Baisse-toi ! Et ferme les yeux !
Ça y est, tu peux te montrer !
Aaaaah !! Enlève ça tout de suite !!
Mais...
Saboteurs !
Vous le faites exprès !
Nous ?
Exprès ?
Bon, pas de panique !
Je vais vous la tricoter, cette barbe ! Bien touffue...
... comme je les aime !

Enfin, ce soir-là...
Alors? Vous le voyez?
Oui!!! Préparez-vous, il arrive!
JOYEUX NOËL
MENU
Tom-Tom, Nana, mettez vos ailes!
Non! On n'est pas des anges, nous!!
JOYEUX
J'y vais?
À mon signal! 5,4,3,2,1...
JOYEUX NOËL

Petit papa Noël, tu es descendu du ciel... car Arthur en a rêvé...
Oooooh !
JOYEUX NOËL
C'est le vrai ! Ze le reconnais !
JOYEUX NOËL
Ben, toi...! Ze voulais te dire...

T'es un gros nul, papa Noël !!
Tes zouets, ils marssent zamais !
Ze vais me venzer !... Tiens !!
Zzing !
Zzing !
On l'avait bien dit !
En plus, il sait même pas viser, ce noc !
JOYEUX NOËL
Pan ! Pan ! Et pan !
Arthuuuur !
Oh mon Dieu !
Aïe !
Ouille !
Zzing !
Zzing !
Zzzing !
FIN

Les Tom-Tomawaks sont là

Ta sauce tomate ! Mes torchons !
Malédiction ! Il n'y a plus un seul bouchon !
Ça, c'est signé !
Ram... dam... dam... dam ! RAM... DAM... DAM...
Les enfants ?
Oui ! Il n'y a pas de doute !
RAM... DAM... DAM... DAM ! RAM... DAM...
Les sauvages !
Oooh ! Ils se sont déguisés !
169-2

Je vais leur passer un de ces savons !
Oh ! Non ! Laissez-les !
Ils sont tellement mignons !
Et puis, c'est carnaval !
Nous, Indiens pacifiques ! Tribu Tom-Tomawak !
Grand chef !... Grand chef !...
Hugh !
Salut à toi, Castor-malicieux !
Un troisième ! Manquait plus que ça !
169-3

Ô Aigle-puissant, dis-moi où planter totem et tipi ?
Ici ! Dans grande prairie !
Oui, ici, herbe douce et bisons dodus !
Allez jouer ailleurs, nom d'une pipe !!!
Hugh ! Visage pâle crache mauvaises paroles…

169-4

Ô Cuisinier-qui-grogne, fume avec moi calumet de la paix!
Blubb!
ARRCKKCH!
Fichez le camp, ou je vais m'énerver!
Compris! Toi grand de taille, mais petit de coeur!
Nous partir!
C'est ça, ouste! du balai!
Venez! Petite-alouette connaît coin à l'abri, avec eau qui chante...
169-5

RAM... DAM... DAM... DAM ! RAM ... DAM...
Adrien, ça recommence !
Ils se sont enfermés dans les toilettes !
RAM... DAM... DAM ... DAM ! RAM... DAM... DAM... DAM ! RAM ...
W.C.
Glou, glou...
Réservé à la tribu Tom-Tomawak
J'aimerais bien y aller !
Ouvrez immédiatement !
W.C.
Nous ici bien tranquilles !
Il n'y a qu'une solution ! À la une, à la deux, et...
169-6

Glou, glou...
??
???
BLAAM!
CRAC!
Sortez de là!!
Nous demander aide au Grand Manitou sur la montagne...
... En haut! Tout en haut!
Sous grand ciel bleu!
Glou, glou!
Bon débarras!
169-7

Ouf!
Ça y est! Ils sont dans leur chambre...
La grande prairie est à nous!
Nous avoir enfin paix...
Oh! Voilà que je parle en indien, moi aussi!
Hi! Hi! C'est contagieux!
Tiens, tiens... HUGH!
Moi, Ventre-affamé, veux gros bison avec frites!
HA! HA!
HA! HA!
169-8

Ah, ces enfants, ils ont de ces idées!
Oui... Leur chambre, c'est la montagne, sous le ciel bleu...
Quelle imagination!!
PIN-PON-PIN...
Par le Grand Manitou, que se passe-t-il?
PIN-PON-PIN-PON-PIN-PON...
Pas de panique! On va les sauver, l'ambulance est déjà là!!...
Hein?
Quoi?
Comment?
169-9

Mon Dieu ! Mon Dieu !
Qu'est-ce qu'ils ont fait encore !

RAM... DAM... DAM... DAM ! RAM... DAM... DAM... DAM !
PIN-PON-PIN-PON...
BUVEZ BÉTIBULLE
A LA BONNE FOURCHETTE
FIN

Un trésor d'anniversaire

Et l'argent des courses, hein ?
Qui l'a perdu, l'autre jour ?
J'ai rien perdu, j'ai rangé...
Où ça ?
Je ne sais plus, moi !
Ranger, c'est pas un crime !
On nous accuse toujours !

Alors?
Alors rien!
Oh! là! là! Quel cadeau trouver?
Sans un centime!
J'ai une idée!
Ah!
Mon gant-sac!!
Trouvé à la décharge! Un vrai gant de pompier!!

Rémi, il est fou des pompiers ! Il va adorer !...
Ah ?
Tu crois que ça suffira ?
Et si on organisait une énorme chasse au trésor ?...
Ouais !!
Hypermégagigatopcool !!
Smack !
Peu après...
Vas-y, grand chasseur !
Trésor d'anniversaire !
Courage !
Cherche ton cadeau !

Je… je peux fouiller partout ?
Mais oui ! Pas de parents, la piste est libre !
Même dans le frigo ?
Te gêne pas !
Hi ! Hi ! Tu gèles !
C'est le pôle Nord !
PING !
Ha ! Ha ! C'est le pôle Sud !!
BONG !
PLOF !
PANG !
A-gla-gla ! Tu es en plein igloo !
BLING !

Qu'est-ce que tu fais ?
Je démonte le poste... on ne sait jamais !
Hé ! Du calme !
Pffou ! J'abandonne !
Allez, encore un effort !
Et ça ?!
?
Tu brûles !
Tu rôtis
Tu cuis !
Tu bouillonnes !
Berk ! Ça cocotte !

Qu'est-ce que c'est que ce carnage ?!?
!!!
BONG!
?
BLAM!

Hors d'ici, vandales !!
Dehors ! Disparaissez !!
Mais... on allait ranger !
Oh !
PING !
PAF !
POF !
Aïe !
PAF !

C'est trop injuste !
Nous faire ça un jour d'anniversaire !!
J'ai même pas eu mon cadeau !
Mais... c'est ça !
Un beau gant de pompier !
quoi?!
Cette vieille guenille minable !!
Minable toi-même !
Voilà ce que j'en fais !
PAF !

?!
PAF!
Oooh! Merci! Merci!
????
C'est géant!
Dis donc... qu'est-ce que c'était, ces papiers, dans ton gant-sac?
?
?
Euh...?
Ça me dit quelque chose... Attendez, je réfléchis!...
Un peu plus tard...
??
J'ai trouvé!

Papa ! Maman ! L'argent des courses...
Je sais où...
Pin-pon ! Pin-pon !
J'ai tout, tout dépensé ! Merci encore ! Je n'ai jamais été aussi gâté !!!
Le chef
DÉGUISEMENT POMPIER
PANG !
FIN

La galette des fous

J'ai eu trois fois la fève !
Oh!
Bravo!
Quelle chance!
Et toi, Tom-Tom?
zéro fois!
Oh!
Le pauvre!
Comme c'est triste!
Moi, j'ai la fève à tous les coups!
Je n'y peux rien...
... C'est magique!
C'est ce qu'on va voir!
192-2

Papa! Une galette s'il te plaît!
Encore!!
Elles sont bonnes, mes galettes, hein?
Oui... oui...
Je parie que cette fois la chance va tourner!
Hi! Hi! Ça m'étonnerait!
Voilà ta part!
Une bouchée me suffit!
Arrmff!
192-3

Et hop, ça y est!
La fève!
Incroyable, mais vrai!!!
Elle est reine, et archi-reine!
Félicitations, Majesté!
Vous êtes mon roi!
Et toi, tu es mon esclave!
BING!
182-4

Reine des idiotes!
Je vais te tuer!!
Aaaah! L'esclave se révolte!
À moi, mon armée, mes fidèles soldats!
Oooh!
CLing!
BOUM!
Elle a les poches pleines de fèves!!!
Regardez ça!
Lâche-moi!
192-5

Tu as mis la fève dans ta bouche !
Avoue !
Pas vrai !
C'est la reine des tricheuses !
Du calme !
Il faut faire un nouveau tirage !
Et cette fois, ce sera un tirage officiel !
Je serai l'arbitre !
Amenez-nous une galette... de compétition !
Les concurrents sont en place !
Tricheuse !
Jaloux !
192-6

Celle-ci est parfaite ! Bien plate, bien ronde !
Et voilà un centimètre pour mesurer les parts !
Jurez de ne pas tricher !
Je le jure !
Je le jure !
Attention au départ ! 5... 4... 3... 2... 1...
... Mangez !
192-7

Rien ?
Toujours rien ?
Zéro à zéro !
Mmfff !
Mmfff !
Hurk !
Que se passe-t-il ?
Arg ! gurg ! gurgle !
Elle a la fève !
Elle l'a !
C'est du cinéma !
Je l'ai avalée !
Pauvre chérie !
Elle ment !
Je suis sûr que la fève est encore là !!
192-8

Je ne vois rien !
Moi, non plus !
Pas de fève !
Évidemment, elle est dans mon bedon !
Le vainqueur est donc...
Je vais lui ouvrir le ventre !
Horreur ! Fureur !
Malheur !
Vous n'avez rien remarqué dans mes galettes ? ?...
192-9

J'ai oublié de mettre les fèves!
Vous auriez pu me le dire!!!
Tu les mangeras toutes, en entier!
Noon, pitié!
Hé?
FIN
(192-10)

Vous parlez d'un cadeau !

Rends-les-nous !
Au moins Grolaskar, il est hyper rare !
Il vaut 2 000 Puissance de vie !
Ça suffit, ces Pomékon !! Vous êtes envoûtés, ma parole !
Dire qu'on s'est ruinés pour Noël ! Ils ont reçu une tonne de jouets !
Et ta maquette d'avion, Tom-Tom ?
Et le coffret-beauté que je t'ai offert, Nana ?
Allez, Nana...
Viens, pas la peine de discuter !
...Montre-nous comme tu peux être belle avec mon coffret !
Oh oui !
S'il te plaît !

Des parents qui volent les jeux de leurs enfants! On aura tout vu!
PAF!
Sophie, elle a eu mille Pomékon pour Noël!
BELLISSIMA
Quelle veinarde, celle-là!
Super, le mauve à lèvres!
Elle pourrait nous en donner…
…En échange de… euh…

Alors, mon chou, comment tu me trouves?
???
Au secours! Hulk est revenu!
T'approche pas de moi, tu me fais peur!
Bonjour, le coffret mocheté!
Ça va, j'ai compris!
Hé... Ça me donne une idée!!!

5 minutes après…
Pourvu qu'elle accepte!
Suffit de savoir s'y prendre!
Coucou, Sophie!
On est tes deux papas Noël!
Voilà pour toi!
???
J'en ai déjà un, de coffret beauté!
Oui, mais celui-là, il est…
Il est… euh…
Il est spécial pour les belles blondes…
… à lunettes!

Et dedans, j'ai ajouté des Coton-Tige !
Des Coton-Tige ! Pas possible !!
Mes parents veulent pas que je joue avec ! Je prends !
Une condition...
... Tu nous donnes tes Pomékon !
Je vous en donne deux !
Alors t'auras deux Coton-Tige...
Je vous en donne trois !
Trois Coton-Tige...
Un peu plus tard...
20 Pomékon ! Waouh !
Il nous manque juste notre Grolaskar !
Nana !!

Ben alors ? Tu devais nous faire une démonstration de beauté !
Tu as oublié ?
Euh... ben...
Voyons ! Je ne t'ai pas fait ce cadeau pour rien !
Dépêche-toi, enfin ! Qu'est-ce que tu attends ?
Bon, bon... J'y vais...
Oh là là ! Sans le coffret, je suis perdue !
T'inquiète, j'ai la technique !
Les jolies filles, ça me connaît !

Le plus dur, c'est la mise en plis!
Tire pas hein!
COLLE FORTE
Hé... Qu'est-ce que tu fais?
Des boucles!
COLLE FORTE
Et pour que ça tienne, je mets du scotch!
T'es déjà trois fois plus belle comme ça!
Ferme les yeux! Respire plus!
PCHiiiiii!
Ya plus qu'à déscotcher, et tu pourras top-modeler!
Viiiiite!

Alors la star, elle arrive ?
On piaffe !
Ouille ! Aïe ! Ayayayayaya-yaille !
Mes cheveu-eu-eu-eux !! Tout ar-ra-ra-chés !!
quelle horreur !
Je… je vous assure, il était certifié sans danger, mon coffret !
Sophie ?!?
Sniff !
Qu'est-ce qui se passe encore ?!
Ben… C'est mon coffret beauté…

Je me suis planté un Coton-Tige dans l'oreille !!
Oh non ! C'est pas vrai !!
Les enfants, je vous rends vos cartes !!
Et je vous ordonne de popomémékoner toute la journée, compris ?!!
Chic ! Notre Grolaskar !
FIN

Vive les mariés!

Le marié, il n'a même pas choisi sa femme !!
Zut ! J'ai oublié...
Alors, décide-toi ! Sophie ? Fatiah ?
Euh... ben...
Bon ! C'est moi la mariée !!
Bisou, bisou, mon amour !
SMACK !
Tu me baves dessus !
Hi ! Hi !
Fais pas l'idiot !
Le mariage, c'est sérieux !
Hé ! Attendez-moi !
?!?

J'amène Pupuce !
Oh non !
C'est pas vrai !
On t'avait dit d'apporter le repas de noces !
Oui ! Je sais...
On va pas manger du chien !!
Mais non !
Lui, c'est le garçon d'honneur !
Fiche le camp avec ton chien d'honneur !!
Très bien ! Tant pis pour vous !
Le repas que j'ai préparé, tintin !!

Vous n'aurez pas les biscuits, ni les glaces au chocolat, na!
MAIRIE
Aujourd'hui Grand Mariage!
On s'en fiche!!!
LE MAIRE
Bande de nuls!
Silence! Le maire va faire son discours!
Hein?
Mr LE MAIRE
Blablabla, archiblabla, et...
Arrête! J'ai toujours pas de femme!!!
Je veux bien t'épouser, Tom-Tom!
Moi aussi!

Je ploufe : pic... nic... douille...
... c'est toi... l'an...
... douille !
Fatiah !
C'est pas juste !
Et moi, tu m'épouses pas ?
?!?!!
Mr LE MAIRE
Toi, madame Chien-chien, on t'a rien demandé !
Hi ! Hi ! Hi !
Allez ! Je prends les deux plus belles !
En avant pour le cortège !!
MAIRE
Aujourd'hui

Vive les mariés !
Pom… pom… podom…
Je peux faire la photo, si vous voulez ?
Toi, occupe-toi de ton toutou !
CLIC !
Pom… pom… podom ! Podom pom pom…
C'est génial !!
WAF !
On devrait se marier tous les jours !

Je peux faire semblant de jeter du riz !
Toi, à la niche !!
Elle est capable de nous jeter du sable !
Hé ! On arrive bientôt au restaurant ?
Justement !...
Mr LE MAIRE
Nous y voilà ! À table !!
Et le repas de noces... ?
Zut, alors !
Mmm... Laissez-moi faire !
Euh... Nana ? Tu avais dit que...

Tu avais préparé des bons trucs, non ?... Tu... tu vas les chercher ?
Madame Chien-chien te dit crotte !!
Par pitié ! Tu as dit qu'on aurait du coca !
Des Crounchitos !
Des glaces !
Aujourd'hui Grand Mariage
MAIRE
Ma petite Nana chérie adorée !
Non !
Demain, je divorce...
... et je t'épouse, promis !!
Bof !

Allez ! Sois gentille, ma Nanounette !
Mmm...
Tu veux bien ?!
Ben...
D'accord ! J'y vais !!
Vous avez vu ça ?!! Je l'ai eue !!
Ouais !
Tu es génial !
Aujourd'hui Grand Mariage
LE MAIRE
Suffit de savoir s'y prendre !
Ma petite Nana par-ci, ma petite Nana par-là...
Hi ! Hi !
Elle est trop bête !
MAIRE

5 minutes après...
Aujourd'hui Grand Mariage
La voilà !!
À table !
Super !
Bravo Nana !
MAIRE
PING !
PONG !
PAF ! PAF !
PING !
PING !
HA ! HA ! Mieux qu'un repas de noces, un repas de nonosses !!
PIF !
PLOF !
PAF !
PLAF !
WAF ! WAF ! WAF !
FIN

Folle fête, mamounette !

À cause de toi, j'ai encore raté ma lettre !
Et moi, alors ! Je suis toute collée !
Au secours ! Dé-scotche-moi !
Idiote ! Tu as déjà bousillé 3 feuilles de papier cadeau !!!
?!?
Qu'est-ce que vous fabriquez ?
On prépare notre surprise pour la fête des Mères !
Ça se voit, non ?
256-2

Marie-Lou, aide-nous...
Par pitié!
Alors là, vous pouvez vous gratter!
J'ai autre chose à faire!
LOVE LOVE
LOVE
Je cherche ma bague... Où est-elle bon sang?
Sois gentille!
Après on t'aidera et on la trouvera ta bague!
Promis, juré, craché!
Mmm... D'accord!
Génial!
Tu nous sauves la vie!
256-3

Ce que tu es douée !
Tu pourrais en faire ton métier !
Et voilà le travail !
Bravo ! 20 sur 20 !
CLAP ! CLAP !
Aïe !
Quel dommage… il faut tout défaire !
Zut !
J'ai oublié de mettre ça dans la boîte !
Quoi ?!?
Tu comprends, c'est une surprise dans une surprise, dans une…
Pfff ! C'est malin !
Attention !
N'abîme pas tout !
256-4

Ouf! Ça y est!
Génialissime!!
Encore plus beau qu'avant!
Maintenant on cherche ma…
Minute! Il faut aussi faire la lettre!
"Chère maman"…
Ou plutôt, "Bonne fête des Mères"…
Hé! Écris mieux que ça! J'ai pas dit: "Bonne bête de Mère"!
C'est pas grave! Recommence!
CRAC!
À toi!
Bonne
maman
chérie
fête!
Hein?
des
Mères!
256-5

Dix lettres plus tard...
Fais un effort !
Tu mets n'importe quoi !
Bonne Fête maman, Maman d'amour.
J'en ai assez de ce cirque !
Bon, ça peut aller !
Sauf que...
Le papier blanc, c'est moche !
Grrrr !
Tu peux recopier sur du rose ?
Ça suffit ! Faites-le vous-mêmes !
CRAC !
Bonne Fête maman, Maman d'amour.
Tant pis, on va l'offrir comme ça !
C'est pas si mal !
Et votre promesse ?!?
Ah oui !...
C'est vrai !
256-6

Qu'est-ce qu'on doit trouver déjà?
MA BAGUE!!!
Argle!
Cherchez! Je vous surveille!
Une bague... Tu vois une bague à l'horizon, toi?
Non...
Oh, un mouchoir en papier! Tu le veux, Marie-Lou?
Tiens... un bout de brioche!
J'ai dit UNE BAGUE!!!
Quelle barbe!
J'ai une idée...
256-7

Ça y est ! On l'a trouvée !
Elle est là-haut sur l'étagère !
Ah ?
Je la vois pas !
Mais enfin, elle brûle !
Change de lunettes !
Grimpe là-dessus !
Fais-la tomber avec le balai !
Un peu plus à gauche... vas-y doucement !
Attention au vase !
256-B

Bonne fête, mamounette !!!
Mes chéris !!
PLOF !
Qu'y a-t-il dans ce beau gros paquet ?
Ouvre-la !
Vite, vite !
Un autre... et encore un autre... hi, hi ! De plus en plus petit... et...
Une bague !!! C'est le plus beau jour de ma vie !
BONG !
BOUM !
BLAM !

256-9

C'est MA bague !! Rends-la-moi !
?
Mais...
Et vous, menteurs ! Voleurs ! Hypocrites !
Je vais vous tuer !!
On ne pouvait pas deviner !
On l'a trouvée dans les cabinets !
FIN
156-10

La frisée du réveillon

Que la fête commence!
Bon appétit, les amis!
Soirée privée réservée à nos meilleurs clients
Oh, bravo!
Ils sont tous sur leur 31!
Pas étonnant! On est le 31 décembre!
Mais... où est Nana?
Nana!
Je sens qu'elle nous prépare une surprise!
Vous allez voir! C'est elle la plus belle!
156·2

Me voili voilà
Quelle merveille !
PAFF !
Oh ! Vision de rêve !
Ah ! Ah ! Vous avez vu sa coiffure ! On dirait une frisée aux lardons !
Mais... pas du tout !
Idiot ! Tu ne t'es pas regardé, toi !
Ah ! Ah ! Je vais lui mettre de la vinaigrette sur la tête !
Puisque c'est comme ça, je m'en vais !
Oh ! Non ! Je t'en prie !
156-3

C'est la catastrophe! Elle s'est enfermée dans les toilettes!
On ne peut pas réveillonner sans elle!
Allons la chercher!
Ma petite Nana! Ma beauté! Sors de là!
Non! Non! Et non! Je suis très bien ici!
W.C.
Nana!
Reviens parmi nous!
Pffff...
TOC! TOC!
Je t'en supplie, ma perle des tropiques!
156-4

Tu es le soleil de notre fête !
Ne nous laisse pas dans l'obscurité !
Bon ! Je sortirai si Tom-Tom me fait des excuses !
Allez, Tom-Tom, fais un effort !
Ma petite soeur ! Tu es belle...
... comme ... comme ...
... un vieux chou-fleur !
Imbécile ! Je ne sortirai pas !
156-5

Il a dit ça pour rigoler! Tu le connais, ton grand frère!
Tu exagères, Tom-Tom!
Si ça continue, on ne va jamais se mettre à table!
Viens, Nana! Il y a des choses merveilleuses à manger!...
...Des coquilles saint-Jacques!
Je déteste ça!
Des croustillons à la crème!...
...Des bourinettes au saumon!
Ah?
TOC!
156-6

Alors, je...
Et puis zut ! Sors ! Et tu vas prendre une de ces raclées !
Je reste!!!
Elle était prête à sortir, tu as tout gâché !
Pffff !
Tant pis mes amis ! Ça va refroidir, allons nous mettre à table !
156-7

Y a rien à faire, je n'arrive pas à avaler une bouchée !
Ça m'a coupé l'appétit à moi aussi !
Pauvre enfant ! Toute seule sur son cabinet !
J'y retourne !
Moi aussi !
Moi aussi !
Nana ! Nana !
On n'entend plus rien !
Elle a eu un malaise !
Tant pis ! J'enfonce la porte !
Aïe !
CRAC !
C'était ouvert !
BANG !
Et il n'y a personne !
456-8

Mon Dieu, qu'est-ce qu'elle a fait ?
Où est-elle partie ?
Je crains le pire !
Fouillons la maison !
Elle n'est pas dans sa chambre !
Ni dans la vôtre !
Elle est partie dans le froid, dans la nuit !
Oh !
Crcrcrcrcr...
Hé ! J'entends du bruit par là !
???
156-9

Ouf ! La voilà ! Mon ange ! Ma reine !
Vous avez vu ! Elle a attaqué le gâteau !
Grrrr...
C'est pas grave !

Puisque c'est comme ça, je m'enferme dans le placard !
CLAC !
Oh, non ! Ça recommence !
Ben dites donc ! Vous parlez d'un réveillon !
FIN

Nanard et Tom-Tomette

Super, notre tenue d'espion, hein ?
Ya pas de danger qu'elle nous reconnaisse !
Oh !
Hi ! Hi !
Vive le président !
Vive la présidente !
Hourra !!
?!!!

238-2

Tom-Tom ! Nana ! Encore vous !!
Mais…
Non…
Comment tu as deviné ?!
Des idiots comme vous, y en a que deux !!
Oh, Marie-Lou…
Dis-nous seulement où tu vas tous les soirs !
Non, non et non !!
Ça ne vous regarde pas !!
Filez, ou je vous coupe en morceaux !
Hi ! Hi ! Hi !
Encore raté !
C'est dur l'espionnage !
238-3

Le lendemain...
Bon !... En quoi on se déguise ?
J'ai une idée !
Je me déguise en garçon et toi en fille !
Tu crois ?
Salut, mec !
J'suis beau, non ?
Elle est trop longue, ma robe !
Mmm...
T'as oublié la ceinture, banane !
238-4

Et hop! Triple bouclage!
Avec la perruque de fée, tu seras superbe!
PLOF!
Tu me trouves belle?
Mais oui!
J'aime pas trop les couleurs...
Pas de chichis! En piste!!...
Vite! Je la vois qui s'en va!
238-5

Là, on est vraiment invisibles !
Tu parles ! Tout le monde nous regarde !
!!!
On n'a qu'à faire semblant d'être des touristes...
Allez, on parle espagnol !
Adios amigos !
Oh ! bellos journalos !
JOYEUX DIMANCHE
238-6

Aïe! Patatros! Graignos!
WAF!
PAF!
Où tu es, Tom-Tom?
Ma ceinture s'est cassée!!
C'est rien!
J'en ai marre d'être une fille!
Hé!
...Alerte! L'ennemi s'échappe!!
238-7

Ouf !
Je la vois !
Elle entre là-bas !
Victoire ! On a trouvé !
CLUB OASIS
Qu'est-ce que c'est que ça ?
CLUB OASIS
Ça a l'air génial !!
On y va !
CLUB OASIS
ICI on oublie tout !
ON S'ÉCLATE !
Ma parole, c'est un zoo !
Mais non ! C'est un club de gym !!
Vestiaire
Vestiaire
238-8

C'est nul ! On s'en va...
Hep ! Vous, là-bas !
ACCUEIL
BAR
CHE
Euh...
?!!
CLUB OASIS
Oh ! C'est ma soeur Tom-Tomette et mon frère Nanard !
Ah ?
Ils veulent faire tout pareil que moi... Je vais les inscrire...
Mmm... La fille, c'est un sac d'os ! Raide comme un parapluie !
ACCUEIL
BAR
238-9

Et le p'tit gars, il est complètement ramolli!
Allez hop! Stage intensif de deux mois!!
BAR
Non!
Non!
CLUB
CHEF
Donnez vite un tutu à Tom-Tomette !
DANSE CLASSIQUE
NOOOON! Au secours!
Et toi, Nanard, aux haltères!
Pitié! C'est une erreur!
Pfff!
CLUB OASIS
FIN
238-10

Ris, Bouboule !

WAOUH! Vive Bouboule!
Mon bébé! Bébé d'amour!!
Smack!
Dégage! Tu lui colles tes microbes!
D'abord, c'est moi qu'il aime!
Toi? Tu lui fais peur!
Ça m'étonnerait!
Regarde sa tête!!
Pff! Attends un peu...

Il va hurler de rire !
PLOC !
Regarde, Bouboule !... L'homme-tambour !!
BOUM !
BOUM !
BOUM !
Loupé !
À moi ! Regarde, Bouboule...
Le babouin en folie !
Ragn-gn-gn-gn !
Tais-toi, il me dit quelque chose !
HA ! HA ! Il dit que tu es la reine des andouilles !

Guili-guili, Bouboule !
Nul !
Regarde, Bouboule !... L'homme-catastrophe !
À la une, à la deux,...
BING !
BING !
A la trois !
HOC !
BADABOUM ! CRAC !
BLING !
BLONG !
Alors ?
Super raté ! Archiraté !
Mais si... Il rit !
HOC !
Non ! Il rote !

Il ne sait pas rire, cet idiot! J'abandonne!
Pas moi!
Burp!
Un peu plus tard...
Tu es prêt Bouboule? Attention...
Qui je suis? Devine!!
Ha! Ha! C'est la plus moche! C'est la plus bête!
Oh!
C'est... tante RO-BER-TE!!!
PING!
???
CLAC!
CLAC!

Il rit ! J'ai gagné !
Hi ! Hi ! HOC ! HOC !
CLAP !
Tu as gagné une bonne fessée, OUI !!!
tante Roberte !
Arrête tante Roberte ! Bouboule va exploser !!
Chameau !
Hi, hi, hi, hi, hi !!! Hoc ! Hoc ! Iark ! Iark !
Aargh !!
Pitié, pitié ! Pitié, pitié !
CLAP !
CLAP !
FIN

Le club des beautés

Qu'est-ce qu'elles fabriquent?
Elles sont enfermées!!!
Tchack!
Tchack!
Hier, j'ai été élue miss Univers!
Ma-gni-fique!
Et moi, j'ai été remarquée par Ted Chichitos!
Quoi?! Le grand couturier du Ruffistan!
Oooh, ma chérie!
Elles jouent aux mannequins!
On va regarder!
Allez, grimpe!

Tu les vois ?
Raconte !
Comment trouvez-vous mon chapeau-slip ?
Sublimissime !
Je l'ai acheté chez Troumachin !
Hé ! Ouvrez-nous ! On veut jouer !
Pfff !
Fiche le camp, toi !
Tu n'as pas lu l'affiche !!!
217-3

BOUM!
BOUM!
BOUM!
Allez ! Laissez-nous entrer !
Moi, je ferai le photographe !
Et moi le maquilleur !
Quels casse-pieds !
Comment s'en débarrasser ?
J'ai une idée !
On va les envoyer en mission !
Ouais !
On vous prend à une condition !...
Vous nous rapportez tout le maquillage de Marie-Lou !
217-4

Après, vous nous déguiserez hein ?!
Promis juré !
Hi, hi !
Pfff !
Vite ! Il nous faut du bleu !
Du noir !
Du rouge ! ... De la crème !
Du sent-bon !
Ta soeur, elle ne va pas vouloir !
J'ai la trouille !
C'est qu'elle est féroce la Marie-Lou !
217-5

?!?
Interdit aux miochets !
aux morveux aux moustiques aux nains !
Décidément !
Viens ! On va s'équiper pour le raid !
On règle nos montres !
TATATATAA !
Et à mon signal...
TATATATAAAAAA...
... Brigade d'intervention sauvage !
BLAM !
217-6

Pitié, Marie-Lou ! C'est pas pour mooooi ! C'est pour les filles !!
CRAAC !
BOUM !
PAAF !
Andouille ! Y a personne !
Oh ! génial !
Vite ! Emparons-nous du butin !
Tiens ! La crème de mocheté !
Berk !
Pouah ! Ça cocotte, ces cochonneries !
217-7

On met tout là-dedans!
Hé! Pas le cirage!
Je croyais que c'était du noir pour les yeux!
Pas d'ennemi à l'horizon!
Filons!
BLING!
BONG!
BING!
Zut! Revoilà les moches!!
Mission accomplie!
Clic!
CLAC!
BLAM!

217-B

Ouvrez ! On a tout !
Ben... euh...
Interdit aux moches
Vous avez promis !!
Ah ?
Sophie Bioutifoul
Nana Béla
Attendez ! On réfléchit encore un peu !
?
?
OH !!!
Vous exagérez !!!
Bon, d'accord ! Entrez... On va vous bander les yeux et vous déguiser...
Oui ! Oui !
Fathia Bleaux-Ti
CLAC !
FRRRT !
??!!?
217-3

C'est presque fini !
Vous allez pouvoir vous regarder !
Un, deux, trois !!
Et hop ! C'est magique !
On a changé de jeu !
On joue au papa !...
À la maman !...
...Et au docteur !!
FIN
217-10

La reine rapeuse

Zéro sou!
Hi, hi!
On aurait dû s'y prendre plus tôt!
Oh, les nuls! Archinuls!
Nulle toi-même!
Boucle-la!
Pour les rois du Carnaval
T'as même pas trouvé de déguisement!
Ah bon, tu vas voir!
Merci!
Dans une heure, je reviens déguisée... et riche!
Ça m'étonnerait, tu rates tout! Espèce de rateuse!
FIN DE CHANTIER
Pour les rois du Carnaval!
Merci!

Un peu plus tard...
Coucou! Devinez qui je suis!
???
Vous avez vu mon déguisement?
Quel déguisement?
Hip! Hop! Tchok! Tchok!
J'suis une rapeuse!
Ha! Ha! C'est la meilleure!
On dirait un gros bébé!
Hé! Retourne au bac à sable!

N'empêche...
J'ai gagné tout ça!
Pa-pa-pas possible!
Tout le quartier m'a admirée! Ils m'ont donné plein de gros billets!
Je parie que c'est des faux!
QUOI?!
Des billets de Monopoly!!
Regardez-les!
Vous voulez une loupe?
Ooooh! Des vrais de vrais...
C'est dégoûtant! Tout lui réussit à celle-là!

On est super riches alors!
Pas touche!
On va partager! Mais d'abord...
Il faut me couronner Reine du Carnaval et faire mes 36 volontés!
Bof! Si tu veux!
Pfff!
Allez, mon trône!
Plus vite que ça!
Voilà, voilà!
Un petit coussin d'or...

Mmm! Qu'il est doux d'être assis sur ses sous!
Tom-Tom! Donne-moi ta cape, ça sera ma traîne!
Oh non! C'est pas du jeu!
Je suis la reine, oui ou non?
Bon, bon...
Sophie, ma couronne!
HIP HOP
Mon sceptre!
Embrassez mes pieds!
Alors là, tu exagères!!!
J'ai dit!

Pouah!
Berk!
Smack!
Smack!
Et maintenant, mon carrosse!
HIP HOP
Ce vieux bout de planche, ça suffira bien!
Un petit tour de cabane, pas plus!
Ah, non! Le tour du monde!
Pour les rois du Carnaval!

Chantez, s'il vous plaît!
Gloire à Nana!
La reine aux pieds plats!
Et patati, et patata!
Vive la reine!
Vive Nana!
Une heure après...
J'en peux plus!
Ouille! Mon pied!
Avance! Hue dada!
PANG!
BLAM!

Au trot! Au galop!
?!?
A LA BONNE
C'est incroyable!...
PO LICE
Qu'est-ce qui se passe?
On a été cambriolés!
On nous a vidé la caisse!
Rassure-toi, papounet! Nana a gagné plein de sous!
Regarde!
Euh...
Ça alors!!!

... C'est notre argent !!!
Je... je... j'allais le rendre !
Je voulais juste qu'on s'amuse un peu !!
HIP HOP
Viens ici, Nana ! Ça va barder !!!
Vous croyez qu'elle nous a eus ?
Oui... jusqu'au trognon !
Pas la prison ! Pas la prison !
PANG !
PLOF !
FIN

Star de choc

Pourquoi tu te mets ce pot de chambre sur la tête ?!
Idiote !...
Fête de l'école
EN VEDETTE
TOMTOM
La Foudre contre

...C'est mon heaume de chevalier !
Ah ?
Je prépare ma pièce pour la fête de l'école !
Chouette !
Regarde ça !
Oh !
Fête de l'école
- EN VEDETTE -
TOMTOM
Le chevalier La Foudre contre Le Dragon Noir.
Je peux jouer moi aussi ?
Surtout pas !
Je peux faire le dragon !...
Nul !
...Ou un monstre !
AAAAH !
198-2

Euh !... Tu pourrais faire la princesse...
Ouiiiiii !
Mais tu es trop minable !
Minable ? Attends un peu !
J'ai tout le déguisement, tu vas tomber raide !
Tu es prêt ?... J'arrive !
C'est moi Cunégonde, la plus belle du monde !
Bon... Allez, On commence !
198-3

L'affreux dragon noir...
??!
...a kidnappé la pauvre princesse!
MFFFFAUF!
PAF!
J'étouffe là-dedans!
Oh! Tu fais des chichis!
Et on ne me voit même pas!
Et tu m'as toute froissée!
Ça va, j'ai compris!
198-4

Tu serais seulement ligotée !
Ah, je préfère !
Ne serre pas trop fort !
Et zou ! Le dragon te jette dans sa caverne !...
Hé, doucement !
POUM !
Au secours, Chevalier !
Tais-toi ! C'est moi qui parle !
Le fier !... le valeureux !... le vaillant !...
198-5

L'invincible !... Le foudroyant...
... Chevalier La Foudre ...
Dépêche !
... s'en va délivrer la princesse Cunégonde !
... Il galope à travers les mers et les terres !
BING !
BING !
Horreur ! Je suis attaqué par une armée de crapauds !
BLANG !
198-6

Une horde de loups affamés me poursuit !
Je leur donne mon cheval en pâture !
BANG !
PAFF !
Tu me délivres, oui ou non ?
Patience !
Me voici, face au dragon noir !
198-7

Tremble, Carcasse!!!
Plop!
Je vais t'arracher l'oeil!
Ho hisse!
CRAC!
AAAïie!
BLAAAM!
Au secours! Nana!! J'ai ma-a-a-al!
Tu ne m'as pas délivrée, je ne bouge pas, na!...
138-8

Le lendemain...
Sniff !... Mon spectacle est fichu !
Arrête de geindre !
Sniiiiif !
Je devais faire un triomphe !
T'inquiète pas, j'ai tout arrangé !
Ah ?!?
Tu vas jouer quand même !
Sans blague ?
Tu auras le rôle le plus important !
Et on me verra ?
Tu seras en plein sur le devant de la scène !
Allons-y !
198-9

Mais... le programme a changé !
En vedette NANA
La princesse Cunégonde contre le dragon noir.
Sylvie - Karine - Aldou - Brice - Tom-Tom -
CLASSE DE CM2 et ses Acrobates
Tom-Tom ne joue plus ?
chorale de la maternelle
Mais si !

Par ici, compagnons ! Et sus au dragon !
CAVERNE du dragon noir
FIN
Il fait le poteau indicateur !

198-10

Gare à l'étrangleur !

Gurggl l'Étrangleur va apparaître dans les ténèbres de la caverne aux horreurs !
Génial !
Qui ose l'affronter ?
Moi !
Euh, moi !
Toi, pas question ! Tu vas tourner de l'œil !
Et toi ? Tu te dégonfles ?
Faut que je réfléchisse !
Moi, j'attends la prochaine séance !

Allez ! À nous deux Gurggl !
Bon, prends ton sac à vomir...
Arrête ! Je meurs de rire !
Les araignées, c'est du vrai plastique ou du faux ?
Fais pas le malin et assieds-toi !
Cramponne-toi à la chaise, je vais faire le noir !...
En route pour la terreur !
CLIC !

Étrangleur es-tu là ?
Si oui, secoue tes chaînes !
Diling ! Diling !
Montre-toi !
Hou-ou-ou...
C'est un fantôme nain ?
Ho hisse !
Hou-ou-ou...
Diling ! Diling !
Oh ! Les jolis petits mollets !
Diling !
Diling !

Qu'est-ce que je dois dire déjà ?
Tu as encore oublié ton texte ?
Ah oui ... Tremblez misérables mortels ...
Diling ! Diling !
... Gurggl l'Étrangleur rôde ...
Diling !
Diling !
Lève pas trop les bras, on voit ta culotte !
Soudain ...
Grrr ...
La ppp ... orte ... elle s'est ouverte toute seule !

La table... elle tangue !
Que personne ne bouge !
... Elle parle !
Maman !
Maudite vermine !
RAAH !
Une patte ! J'ai vu une patte !
Merd... credouille !

Au secours Rémi!!
Va-t'en, sale bête, ou je te tue!
Aaargh! Fff! ... Peu pa... mdé... pé... tré...
que la force soit avec moi!!
GRRRR... MMURF!...
À la une! À la deux! Et...
BRAANG!
Graac!

Et un bon coup de pied en prime !
Ouais!
SHPOING!
Il bouge encore...
Adrien? Tu es là??
Te fatigue pas, j'ai trouvé l'insecticide!...
CLIC!
Oh, papounet!
Mon Dieu!

Mais qu'est-ce qui t'arrive ?
Heun ?... Bibi ... tagada...
???
Je... je... poursuivais... à quatre pattes... euh... les cafards...
Et... et... et...
Bon sang ! C'est vous qui m'avez assommé !
Crétins !!

Ça va saigner !!
C'est gurggl !
L'Étrangleur !
Au secours !
Pitié !

Venez par ici que je vous torde le cou !!
TÉLÉPHONE
Police ! Vite !! On a un fou furieux dans le quartier !...
FIN

La boule de minuit

Bonne année, monsieur Dubouchon! Que vos plats soient toujours aussi réussis!
Oh!
FLOTCH!
Oui, oui, je touche du bois!
Papa! C'est pas du bois!
Touche plutôt la bûche!
HI! HI!
HA! HA!
??
De toute façon, je ne suis pas superstitieux!
MIAM!
Ah! Madame Poipoi! Que vous ayez toujours un aussi joli petit nez!
Bonne année, madame Dubouchon! Pas de soucis! Pas d'ennuis!
POUET!
169-2

Et vous, madame Kellmer, 365 jours de bonheur !
Hé là ! Hé là ! Du calme !...
Du bonheur ??... Hum ! Hum !
Sera-t-elle vraiment bonne, cette année nouvelle ?
La réponse est là !... Dans ma boule de cristal...
Chouette ! On va tout savoir !
169-3

Laissez-moi me concentrer... Je vois... Je vois... après le mois de... Janvier... Février !
Oh !
Non !
Elle est formidable !
La température monte ! ... 38°2 !
Je vois des rhumes avec fièvre !
Oh zut, alors !
Oh... De la neige !... Un accident de ski !...
Moi, je ne fais jamais de ski !
Moi non plus !
HA ! HA ! Ce n'est pas pour nous !
169-4

Et... Une bonne nouvelle pour monsieur Dubouchon !
Quoi ?
Quoi ?
Il sera élu ... président !...
... De la République ?
Fantastique !
Papa président !
Vive le président !
CLAP ! CLAP !
Minute... Minute !...
... Président de l'Association des Amateurs d'Andouillettes !
Ne soyez pas déçu ! C'est pas mal !
Misère ! Ça se gâte !
169-5

Je vois arriver une catastrophe!
À toute allure!
C'est... C'est... pour tout de suite!
Où ça?
Où ça?
Ici, dans cette maison!
Mon Dieu! Pourvu que ce ne soit pas dans la...
... cuisine!
Ouf! Rien n'a brûlé!
Vous avez vérifié le gaz?
C'est bon, tout est en ordre!

169-6

Y a peut-être une fuite aux toilettes?
J'y cours!
FLOTSHHHH! Psssshiiiiii!!!
Ça ne fuit pas! C'est même pas bouché!
C'est sûrement ailleurs, madame Kellmer!
Non, je vous assure, ça va arriver ici même, dans cette pièce!!...

169-7

Oh, là, là, je vois du noir ! Quelque chose va tomber !
Sur qui ?
Sur quoi ?
Pas sur moi, j'espère ?

Poussez-vous ! Laissez-moi regarder !
??!!
169-8

Ne touchez pas à ma boule! Maaa-bou-oule!
PATATRAAAAC!!
Aïe! Ma jambe!
Appelez une ambulance! Ma jambe est cassée!
Ça y est, c'est tombé... pauvre madame Kellmer!
Phsssiii...
Je ne vois rien là-dedans!
169-9

Et voilà!
La catastrophe est passée!
Ouf!
Bonne année à tous!
On n'a plus rien à craindre!
Que la fête continue!
En avant la musique!
CLAC!
Pouet!
Pouet!
CLAP!
CLAC!
SMACK!
BING!
FIN

Mon
p'tit
cœur!
Mon!
chou!

Une fois détachées, colle tes moustaches sous ton nez avec une boule de sparadrap

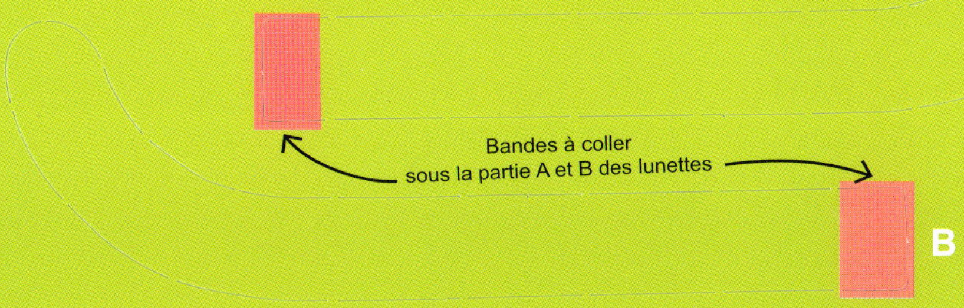

Bandes à coller sous la partie A et B des lunettes

Une fois détachées, colle tes moustaches sous ton nez avec une boule de sparadrap

A

Bandes à coller sous la partie A et B des lunettes

B

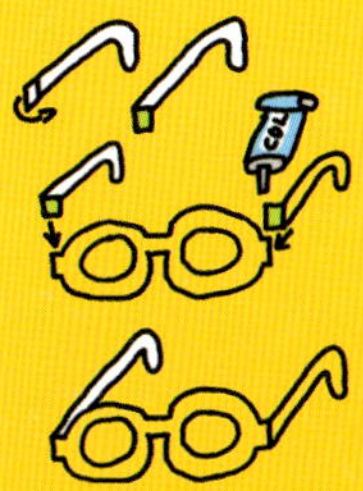